LEWIS CARDINAL'S FIRST WINTER

A SOLOMON RAVEN STORY

EL PRIMER INVIERNO
de LUIS, el CARDENAL

For Aunt Mickey,
who loves the cardinals – Amy

To my grandma & grandpa,
who have always been so supportive of me – Robb

Text Copyright ©2004 by Amy Crane Johnson
Illustration Copyright ©2004 by Robb Mommaerts
Spanish Translation Copyright ©2004 by Raven Tree Press

Publisher's Cataloging-in-Publication
(Provided by Quality Books, Inc.)

Johnson, Amy Crane.
    Lewis Cardinal's First Winter : a Solomon Raven story
/ illustrator, Robb Mommaerts ; author, Amy Crane
Johnson. -- 1st ed.
    p. cm.
    In English and Spanish.
    SUMMARY: Lewis Cardinal is confused as his woodland
friends get ready for winter. Should he stay or go?
Solomon Raven explains hibernation and migration,
leading Lewis to understand the process of change and
friendship.
    LCCN 2003090766
    ISBN 0-9724973-5-8

    1. Friendship--Juvenile fiction. 2. Cardinals
(Birds)--Juvenile fiction. 3. Winter--Juvenile fiction.
4. Birds--Migration--Juvenile fiction. 5. Hibernation--
Juvenile fiction. [1. Friendship--Fiction. 2. Cardinals
(Birds)--Fiction. 3. Birds-- Migration--Fiction.
4. Winter--Fiction. 5. Hibernation--Fiction.] I. Title.
II. Mommaerts, Robb

PZ7.J6285Le 2002   [E]
                    QBI33-384

Printed in the U.S.A.
10 9 8 7 6 5 4 3
revised edition

LEWIS CARDINAL'S FIRST WINTER

Written by / Escrito por
Amy Crane Johnson

Illustrated by / Ilustrado por
Robb Mommaerts

Translated by / Traducción por
Eida de la Vega

EL PRIMER INVIERNO de LUIS, el CARDENAL

Raven Tree Press
LLC

Lewis Cardinal sat on the lowest branch of his hickory tree. He was sad. This was his first winter in the north woods. He was sure he should be busy like everyone else.

Luis, el cardenal estaba posado en la rama más baja del nogal. Estaba triste. Era su primer invierno en los bosques del norte. Estaba seguro de que debería estar ocupado, como todo el mundo.

Cinnamon told Lewis about her winter plans. "I'm almost ready for my long nap, Lewis. I've been eating a lot of fish and berries and roots. I'm so full and tired I can hardly wait to sleep. I'll see you in spring!" she said.

Canela le contó a Luis sus planes para el invierno. —Estoy casi lista para mi larga siesta, Luis. He comido muchos peces, bayas y raíces. Estoy tan llena y cansada que estoy impaciente por irme a dormir. ¡Te veré en la primavera! —le dijo.

"Maybe I should eat a lot of food, too," thought Lewis. "Then I'll be ready for winter."

But somehow that just didn't seem right for him.

—Tal vez yo también deba comer mucho, —pensó Luis—. Así estaré listo para el invierno.

Pero, por algún motivo, eso no le parecía lo más adecuado para él.

Lewis flew off to see how the other animals were getting ready for winter. He swooped down to the river where Polly was busy burying herself in mud and leaves.

"I'm okay, Lewis, this is the way some frogs get ready for winter," she said.

Lewis didn't think Polly's way would work for him.

Luis salió para ver cómo los otros animales se preparaban para el invierno.Bajó en picada hasta el río, donde Polly estaba ocupada enterrándose con lodo y hojas.

—Estoy bien, Luis, así es cómo algunas ranas se preparan para el invierno —dijo ella.

Luis no creía que el método de Polly le funcionara a él.

Lewis saw Silver shimmering in the river. "Silver," he sang, "How are you getting ready for winter?"

Silver didn't answer. Instead he slowly sank to the bottom of the stream.

This didn't seem like much of a plan to Lewis.

Luis vio a Plata brillando en el río.
—Plata —cantó—, ¿cómo te preparas para el invierno?

Plata no contestó. En cambio, se hundió lentamente hasta el fondo del río.

Esto tampoco le pareció adecuado a Luis.

Back at the hickory tree, Roberta and her friends chirped farewell, "So long, Lewis. We'll be back soon."

"How soon is soon?" Lewis asked. But it was too late. They were already gone.

De regreso al nogal, Roberta y sus amigos se despidieron piando:
—Hasta luego, Luis. Regresaremos pronto.

—¿Cuán pronto? —preguntó Luis. Pero era demasiado tarde. Ya se habían marchado.

Lewis moaned. "I'm a bird too. I'm sure I should be doing something or going somewhere for the winter."

Luis gimió: —Yo también soy un pájaro. Estoy seguro de que tendría que hacer algo o dirigirme a algún sitio para pasar el invierno.

Night fell and the woods grew quiet. High up in the hickory tree, Solomon Raven, the wisest bird in all the forest, called, "What's wrong Lewis?"

"I'm sad all of my friends are leaving," cried Lewis. "Cinnamon, Polly, and Roberta say they will be back. But, I don't know why they have to go. And Silver isn't saying anything."

La noche cayó y los sonidos del bosque se fueron apagando. En lo alto del nogal, el cuervo Salomón, el pájaro más sabio del bosque, le preguntó:
—¿Qué te sucede, Luis?

—Estoy triste porque mis amigos se van —lloró Luis—. Canela, Polly y Roberta dicen que volverán, pero no sé por qué tienen que irse. Y Plata ni siquiera me ha dicho nada.

"Well, Cinnamon and Polly hibernate," explained Solomon. "They sleep part or most of the winter when it would be hard to find food. Roberta migrates each year. She goes somewhere warm for a while, but she always comes back. And Silver stays right in the river. You'll see, Lewis. It will be all right."

—Bueno, Canela y Polly hibernan —explicó Salomón—. Duermen durante el invierno, cuando es difícil encontrar comida. Roberta emigra cada año. Va a un sitio cálido, pero siempre regresa. Y Plata se queda en el río. Ya lo verás, Luis. Todo estará bien.

Lewis was still worried.

"Will I have friends if I stay?" asked Lewis.

"A lot of animals stay. I will be here too,"
Solomon answered. "Let's see who will brave
the winter with us."

Luis todavía estaba preocupado.

—¿Tendré amigos si me quedo? —preguntó Luis.

—Muchos pájaros se quedarán. Yo también me
quedaré —contestó Salomón—. Veamos quién
más pasará el invierno con nosotros.

They flew high above the autumn woods. Pearl was gathering nuts. Madison was digging a den, like all good badgers do. Marilyn hopped along the trail.

Juntos volaron sobre el bosque otoñal. Perla estaba recogiendo nueces. Madison estaba cavando una madriguera, como hacen los tejones. Marilyn saltaba por el camino.

"Pearl will be right in our own tree," said Solomon. "Madison hibernates when it's really cold, but we'll still see him. Marilyn will be hopping by all winter."

Lewis was starting to feel a little better.

—Perla se quedará en nuestro árbol —dijo Salomón—. Madison hiberna cuando hay mucho frío, pero también lo veremos. Marilyn se pasará todo el invierno saltando.

Luis empezó a sentirse un poco mejor.

Then Solomon pointed to a nearby evergreen tree. There sat a lovely cardinal singing a sweet song. Lewis darted to the tree and perched beside the pretty bird.

Entonces, Salomón señaló un árbol que se mantenía verde tanto en invierno como en verano. Allí estaba posada una adorable cardenal cantando una dulce canción. Luis se dirigió al árbol y se posó al lado de ella.

"I'm Cheri Cardinal," the pretty bird
warbled. "Are you going to be here
all winter like me?"

— Soy Cheri Cardenal —pió ella—. ¿Vas a
permanecer aquí todo el invierno como yo?

Lewis gazed at Cheri and felt warm as a summer night inside. He thought of all the friends he and Solomon had seen. He wasn't afraid of being alone anymore.

Luis miró a Cheri y sintió dentro algo cálido como una noche de verano. Pensó en todos los amigos que Salomón y él habían visto. Ya no tenía miedo de estar solo.

Solomon smiled down on the pair of cardinals, so beautiful in the evergreen tree and thought, "It's going to be a very good winter after all."

Salomón sonrió mirando a la pareja de cardenales, tan bellos en el árbol verde, y pensó: —Después de todo va a ser un buen invierno.

Vocabulary / Vocabularío

English	Español
sleep	dormir
busy	ocupado
bird	el pájaro
hibernate	hiberna/hibernan
migrate	emigra
stay	quedaré/quedarán
alone	solo
tree	el árbol
friends	los amigos
winter	el invierno